Xiron Poetry Club

相声专场

阿吾 著

中国桂冠诗丛

A Wu

Crosstalk Special

浙江文艺出版社
Zhejiang Literature & Art Publishing House

目录

| 我最纯粹的时候 |

我的心慢慢下沉

我属于何时何地何物

| 一个人的编年史 |

| 跋 |

我最纯粹的时候

对一个物体的描述

该物体产于四川
八一年起归北京保管
它长 1.72
宽 0.43
厚 0.21

物体为不规则状
暂时称作组合式
有一个椭球体
两个圆柱体
两个圆锥体
五个长方体
表面呈天然光泽

物体有九个大开口
无数的小开口
气体液体固体经此进出
推断内部并非结实的质地
而由众多小物体构成

每个各具备一定功能
或者处理气体
或者处理液体
或者处理固体

物体的静止状态
可归纳成四类
一是直立
二是平躺
三是侧躺
四是折叠存放

另外，在特定条件下
比如小物体功能正常
周围环境允许
物体能自行移动
向前向后向左向右向上
注意：不能向下
速度通常每秒 1.50 米
最高达到每秒 8.30 米

一些看来高雅的活动

它也能进行
像吸引异性
排斥同性
发射节奏稳定的声波
发射噪音……
综合上述情况
根据规定第 99
该物体定名为阿吾

1987 | 03 | 14 | 北京

瞧！这会儿

瞧！这会儿
众人从街头走过
众人踩在一棵棵树影上
树影为灰黑色
树影前后摇晃
摇晃幅度高达一米
此时是初春
此地是北京
此时此地在刮风
风力五六级
风吹落人的帽子
帽子先作抛物线运动
帽子然后滑行
人折线追击
瞧！这会儿
众人从自行车上下来
自行车同众人并行
瞧！这会儿

1987 | 03 | 24 | 北京

三个一样的杯子

你有三个一样的杯子
你原先有四个一样的杯子
你一次激动
你挥手打破了一个
现在三个一样的杯子
两个在桌子上
一个在你手里
手里的一个装着茶
茶是故乡茶
茶水半杯
茶叶沉在杯底
杯子中午擦过
杯口留一线茶垢
桌子上的两个
各有专门用途
一个用于喝酒
杯中常有酒味
你拿起喝酒的一个
此时无酒味

一个用于喝奶
奶由奶粉冲泡而成
你在桌子上写信
屡有奶气扑鼻
奶气正在扑鼻

1987 | 04 | 03 | 北京

下雨的时候她在哪里

你看窗外
你站在室内
窗外飘过一线一线
窗外有敲击的响声
正在下雨
这里属半干旱地带
这时是雨季
你有不平常的心情
你想到她
下雨的时候
她在哪里
是在雨中
不是在雨中
部分不在雨中
部分在雨中
她推开窗门
她一只手在雨中
左手在雨中

1987 | 04 | 09 | 北京

明天是她的生日

明天是她的生日
你现在去给她采花
现在被叫做黄昏
现在你脚下的土地
在你居住的楼上
你能凭眼睛看见
有时看得清楚
有时看得模糊
你住的楼房
你现在回头
你能凭眼睛看见

你去给她采花
明天是她的生日
你注意长草的地方
你注意草中异色
你几次弯腰
你几次直起腰
一种紫色的小花
在你手中增多

1987 | 04 | 25 | 北京

相声专场

经一个女人介绍
出来两个男人

一个个儿高
一个个儿矮

个儿矮的白又胖
个儿高的黑且瘦

第一句话是瘦子说的
第二句话是胖子说的

胖子话少
瘦子话多

瘦子奚落胖子
观众哄堂大笑

胖子用嘴鼻伴奏

瘦子边唱歌边跳舞

瘦子舞成了武打
伴奏跑调到霍元甲

响起不同频率的声音
两个人弯腰成一般高

胖子斜视瘦子一眼
瘦子带胖子向左侧退下

出来一个老头
观众用右手打左手

经一个女人介绍
老头叫牛倒立

老头先讲一句
老头再问一句

前一句声音粗
后一句声音细

老头介绍餐馆的名字
观众悄悄咽口水

名字讲到第三十六个
响起不同频率的声音

经一个女人介绍
出来一群男人

一、二、三、四、
五，一共五个人

五个人外形很不一样
就穿的服装相同

其中四个人闹意见
一个人竭力调解

调解一定时间
出现一次响声

这样已有七次

每次稍有差别

四个人终于团结
要调解的人赔礼

此时响起同种频率的声音
是右手打左手的声音

1987 | 深秋 | 北京

树影

我在树影中
这时候我低着头
我也可以说
我在树林中
树木在我左右
树木根根高过我的头
不过我没同树木接触
我接触的是树影
树影在我脚下
树影在我身上
树影横过我的手臂
我伸出右手
手心向上
手心上有黑色条状物
它就是树影
在这块清洁的地方
只要我不穿行其间
树影集于同一平面
在空间不相交的树枝

在这个平面上
它们的影子可能相交
树影都是黑色条状物
树影中没有片状物
我猜测没有树叶
我抬头后证实了猜测
树枝上没有树叶
我想到眼下的季节
我正穿得厚厚的
实际上我正在其间穿行
树影在我身体上起伏
构成新的相交
或不相交关系

1987 | 12 | 22 | 北京

下面

下面是雪面
昨天下午的雪面
雪面的下面是地面
昨天上午的地面
昨天上午我什么也不想做
除了像我现在这样走
我把它归因于天色
昨天上午我走也不想走
我不走就只好呆着
呆着太让我难受
结果我像现在这样走
我现在是真想走
现在我正在走
我走在的面正在形成
我走在形成面的物质之中
这些物质是满天的碎片
碎片时时掉在我的帽子上
时时掉到我的四周
它们的下面是昨天下午的雪面

再下面是昨天上午的地面

前天的地面

上前天的地面

1987 | 12 | 29 | 北京

听一种声音

我现在在听一种声音
在此之前
我在看一些文字
现在文字所在的书
还在我的一只手里
我这只手在我的右膝上
我的右膝在我的左膝上
这样左右膝构成二郎腿
二郎腿有节奏地动
动的节奏合于那种声音的节奏
我现在在听一种声音
那种声音被人着意编排
被人着意演奏
被人着意播送
刚才被我无意放出
那时我在看一些文字
文字是着意的
我看是着意的
我的听是无意的

因为我的耳朵永远开着
因为我的耳朵永远开着

1988 | 01 | 04 | 北京

我把一本杂志盖在我的脸上

我把一本杂志盖在我的脸上
同时我自然地闭上双眼
现在我不是用视力
我现在是用其他感官
感知一本杂志的存在
一本十六开本的杂志
完全盖住了我的脸
杂志的边在我的脸边弯曲
刚才杂志是我的读物
此刻杂志是订在一起的一叠纸
七十六页或者六十四页
最外面的两张质地一样
光滑、生硬，我感到它的凉意
它不是太凉
我往它上面叹出的气体
没有凝成水珠
我感到水的润及湿

一本杂志盖在我的脸上

杂志同我的身体上面结合起来

我身体下面先同床结合起来

我先盖住了床的某些部分

一本杂志然后盖住了我的脸

1988 | 02 | 21 | 内蒙古达拉特旗

我想就地坐下

我想就地坐下
现在我立在路旁
我突然变得沮丧
我感到我的所有能量
都快内耗竭尽
我只想就地坐下
坐在路旁的铁栅栏上
栅栏内的花自己在那里开放
我自己在这里坐着
除了花的概念
在我身体里面
并没有更多的花的东西
我总算还知道有花
我总算还知道有车辆
车辆正在我面前奔跑
我就地坐着
我深深地沮丧
我的所有能量
都快内耗竭尽
我想就地躺下

1988 | 05 | 北京

我需要置身于冷

我需要置身于冷
我想这个结论时
我正从一个公共场合出来
公共场合处在流动之中
公共场合流动人不流动
人流动公共场合不流动
现在我们人流动
公共场合远离我
我想到
我需要置身于冷
我需要风狠狠地吹我
现在是晚上
我辨不清风向
我只需要风狠狠地吹我
我不管它们来自何方
就让风狠狠地吹我吧
尤其狠狠地吹我的头部
和我的左右腋下
我的头部

长时间专注于理论之中
它需要风狠狠地吹
吹掉那些不属于我的东西
而我的左右腋下
正集中着一些液体
它们是热的根源
风会将它们带走
然后我从置身于冷
变成冷
现在我尚未达到这个目标
让风继续吹我吧
紧紧贴近我的体表
进入我张着的开口
紧紧贴近我的内腔
渗入肉体之间
现在我通过风置身于冷
我还想
通过水置身于冷

1988 | 06 | 北京

在自己一个人的房间

在自己一个人的房间
我现在一个人在一个房间
这个房间本不属于我一个人
它属于另一个人和我这个人
另一个人和他的女友出去了
现在是礼拜六下午
我现在一个人在一个房间
我随便地脱去了外衣
外衣已在床上
我又随便地脱去内衣
内衣已在床上
我开始光裸着上身
天气实在是热
我再随便地脱去了长裤子
长裤子已在地下
我开始穿着一条裤衩
白色，弹力很好
在房间内来回走动
我最后随便地脱去了裤衩

裤衩已在地下
我开始一丝不挂
在房间内来回走动
仅仅同自然条件相处

1988 | 07 | 北京

反作用

你躺在房间当中
两腿分开，两臂分开
脚尖向上，鼻尖向上
音响正播着乐曲
乐曲不发挥乐曲的作用
它无法接近你的心跳
电扇正吹着风
风不发挥风的作用
它无法减少你体内的燥热
灯正亮着光
光不发挥光的作用
它无法照透你的你
墙上正挂着月历
月历不发挥月历的作用
它无法安排你的生活
角落放着桌子和椅子
桌子不发挥桌子的作用
桌子上铺满了尘土
椅子不发挥椅子的作用

椅背上搭满了长裤和衣服

对面立着柜子

柜子不发挥柜子的作用

柜内摆有烈性白酒

白酒不发挥白酒的作用

它不让你兴奋也不让你沉醉

你下面放着床

床不发挥床的作用

床没能让你安息

1989 | 08 | 12 | 北京

我最纯粹的时候

我最纯粹的时候
同许多事物在一起
彼此换着名字身份游戏
这些事物可能包括
天空、山峦、河流、大房子
天空是天空
蓝得不甚纯正
山峦是山峦
我钟情半山腰裸露的巨石
河流是河流
永远朝向东方流淌
大房子也是房子
小时候我藏在里面好害怕
而我不可能不是我
这是相对于它们而言的
我最纯粹的时候
感受到许多事物
它们通通在我身体里面运动
我也始终在它们里面行走

直到互相融为一体
我感受它们的存在
等同于我自己的存在
不知体内与体外为何物

1988 | 09 | 北京

我感到所有的东西都相互分离

那是在首都的街上
我被一个大物体包容
它带动着我
流动在一个更大的物体之中
更大的物体被无形魔力带动
置身其内，我感到
所有的东西都相互分离
街面的几何形亮部
是钢筋水泥与阳光的叠合
骑车而去的人群
是人压在单车上面
一个人压一辆车
也有的两个人压一辆车
两侧不多的几棵树
是树插进泥土中间
泥土正好包裹树的伤口
那些嘈杂的市井之音
更是千奇百怪的尴尬组合
我捂住耳朵也得不到宁静

风从窗户玻璃缝隙钻进
同我的两腮结合再离开
人与人被迫挤在一起
我感到真正的结合很困难
所有的东西都倾向于分离

1988 | 12 | 北京

比赛痛苦

六个面围成房间
两人与家具组成家庭

床据东方
桌霸西方

柜子俯视一切
鞋子仰面听命

门排斥气流
窗拒绝阳光

她扑在床头
你压在桌面
比赛痛苦

1990 | 06 | 21 | 北京

苍凉期

1

是下午，阳光扑面照我
也照我体表的衣物
类似照耀整齐的街道

不触动我的内心，那种
古有的温暖淡泊似水
我正进入郊区，这意味着

植物与动物的比例，人
与牲口的关系，发生了变化
我不能固执地认为是父亲

对不起我，或者推说
历史的报复，罪就在
我的体内，包裹着灵魂

让我在阳光下死亡

比死在我们手中的
草木还惨，有风吹过

年轮无处受益，只闻
枝叶间的摩挲之声
我的毛发早已退化

在这样经典的晴天
我享受不到她们的
美妙，反透出深处的

苍凉，我，可能还包括
其他的人称，都不配
在安息日前夜被创造

2

夜里，远山的石头长出了花朵
坡上的羊群正在换毛
我只脱掉两件外衣

人之不配更突出于这个季节

繁殖的春天，像造物主般神圣的
词汇，已经是俗气的字眼儿

我执意去触碰体内的
萌芽，伴随轻微的疼痛
但我实在是缺乏兴奋

今年最初的雨水
没有打动我的头发
更没有打动我的幻觉

难道我们真是受指派
管理水中的鱼，空中的
鹰，地上的野兽和

一切爬虫的形式
我不能再固执地认为
是父亲和历史对不起我

在新生命欢乐的节日
我没有与之对应的心情
怀中荒地正有难言的苍凉

3

我身边的都市，聚集着
历史的繁华和文明的纵欲
我从生活的错乱

想到造词的错乱
我从多到少，又从少
到多，我从结构到

解构，又从解构到结构
走进成群的人，又被
成群的人走进，肩擦过肩

忙乱的氛围淹没了灵魂
溺水的王伸出苍凉的手
视众人如乱石，不知道

该抓住谁，不知道
谁的脚下生长有根
长根的建筑视我为虫

我从蚁洞爬入虚设的
树身，享受伪造的舒适
一想到真实的家园就哭了

何时再有神的儿子为我们
把肢体当食物，把血液
当酒汁，以受难作钟声

唤醒昏睡已久的人
伊甸园，如果我忘记了你
我情愿自己忘记睡眠

1991 | 秋 | 北京

一个有幻觉的人

一个有幻觉的人
会提前感到幸福
马路边上的树枝
成妇人温厚的手臂
摸他的脸和脖子

满街都是儿童
天天都像过节
他踩在海绵垫子上
一步一个跟斗
路的尽头撒满奖金

秋天，树叶落地
一个有幻觉的人
怀有朴素的冲动
他想在脱衣服之前
先脱去袜子和裤子

他一直想着这件事儿

不料转眼到了幼年
脚与手分别越来越少
肌肤透明似羽毛
他吮吸唾沫的蜜糖

一个有幻觉的人
看见天空的云彩
像昨天擦脏的玻璃

1993 | 08 | 25 | 广东深圳

我的心慢慢下沉

把自己接在一棵树上

把自己接在一棵树上
这是我现在的想法
尝试将头接在葡萄树上
让我成为单独的一枝藤蔓
在眼部结两颗黑色葡萄
在胸部结两颗红色葡萄
在胯下结两颗无色葡萄
我的生命将有季节性的收获

把自己接在一棵树上
现在我继续往前想
这回将双手接在松树干上
并拢双腿微微上翘
等待霜雪挂满我的周身
一直肃穆大半个冬季
把救命的果实留给松鼠
我在阳光下偶尔流两行泪水

把自己接在一棵树上

我还是坚持这种想法
冒险将单脚接在杨柳树上
让我的身体两度开叉
岔开的腿和张开的臂
在蓝天下摆出优雅的姿势
傍晚微风吹拂我身体的细叶
笨拙地模仿四川人舒服的发音

2007 | 01 | 01 | 新西兰汉密尔顿

手的一天

早晨的手
还在夜晚的位置
我举起它们
十指交叉用力
骨节喀嚓作响
这是手最初的快感
也是我存在的感觉

手在整个上午
找不到生活的目标
我就叫它们提包
右手提半小时
左手提半小时
直到两只手都很疲劳
我自己还没有着落

中午的手
暂时找回它们的尊严
一只手拿筷子

一只手端盘子
一起配合嘴巴工作
我在吞咽中思想
手在忙乱中沉默

手在散漫的下午
失去了选择的自由
我让它们拿着笔
在废弃的纸上涂鸦
权当为对世界的喊话
这是手最后的挣扎
也是我绝望的安慰

晚上的手
先在沉沦中狂欢
再在陶醉中自残
如今它们握紧鼠标的时光
已经超过对乳房的爱抚
手还能陪伴我多久
我一边发问一边昏昏入睡

2007 | 01 | 28 | 新西兰汉密尔顿

一生写一个情字

第一画
用食指蘸口水
写在小乳头上
第二画
用眼光分界线
竖在两性之间
第三画
吞咽青春的泪水
开始心的炼狱
第四画
人生的道路
表面上畅通无阻
第五画
为什么从头再来
因为敢于担当失败
第六画
抓住最后的机会
努力完成自我
第七画

独自回首往事

感叹丰富不够蹉跎

第八画、第九画

流连在月光下

复习伤感的情怀

第十画

内心平静似水

看儿女重写情字

第十一画

心有余而力不足

从此封笔

2007 | 03 | 02 | 新西兰汉密尔顿

看一滴水的形成和坠落

我休息在岩石的阴影中
思想生命诞生和死亡的过程
目光滞留于一块潮湿的石头
它倾斜在我头顶的侧面
浸润之身暴晒在阳光之下
我看见有种力量于低处积聚
很慢，很坚决，而且很完整
新月状如同少女初醒的欲望
含苞欲放将要来临的劫难
半球形如同新娘成熟的乳房
坦然面对人世间的爱与抚
仿锥体如同老妇胸前的怜悯
慈善和罪恶都接受过哺育
一滴水最初的坠落无声无息
饱满的姿态具有纯形式的美
向下的运动带着宗教的神圣
落地时的粉碎由衷叹服科学
一切从无到有，再从有到无

2007 | 03 | 10 | 新西兰汉密尔顿

一年三百六十五句

一年三百六十五句
第一句默默无语
第二句默默无语
第三句也默默无语
第四句是愤怒的目光
第五句是遗言
全能的上帝呀
你什么都看见了
这个越来越世界的世界
我是顺服你
还是顺服我自己的忧郁
第六句结结巴巴
第七句用舌头缠绕脖子
第八句抒情
第九句思辨
第十句盲目
第十一句放任
第十九句峰回路转
第二十句纠正发音

第三十句基本流利

第四十句是真心的韵母

第五十句是无意的声母

第六十句是是是是

这个世界有太多的路

我不知道走哪一条才好

我必须选择一条

我注定是一只迷失的人羊

拟羊化地叫出第七十句

第八十句夸张

第九十句象征

第一百句寓言

很久很久以后

在世界的边缘

有一个孩子给成年人讲寓言

第一百零一句说很久很久以后

在世界的边缘

有一个孩子给成年人讲寓言

第二百句是过门

第三百句是过门

第三百六十句也是过门

第三百六十一句是叹息

第三百六十二句是叹息

第三百六十三句是深深地叹息

第三百六十四句是别了，地狱

第三百六十五句是天堂，早安

2007 | 04 | 17 | 重庆

在行走中思想

在行走中思想
我开始不快不慢
思想对我的光临也不快不慢
何处来的风吹草动也不快不慢
我索性慢下来
思想对我的光临也慢下来
奇怪的是风也慢下来
唯心常常在唯物中成长
我干脆快起来
思想对我的光临也快起来
现在风快起来一点都不奇怪
我于是更快
思想对我的光临也更快
风也更快
奇怪和不奇怪也更快
直到我和思想
开始赛跑
前一段我比思想快
后一段思想比我快

我终于头脑一片空白
希望思想慢下来
我慢下来
风慢下来
最好像起初那样
不快不慢

2007 | 05 | 03 | 新西兰汉密尔顿

这两天看见人我就感到孤独

这两天看见人我就感到孤独
人越多，我越孤独
我越孤独，我感觉人越多

这两天看见飞鸟我就想到轻生
鸟飞得越高，我越想轻生
我越想轻生，我感觉鸟飞得越高

这两天看见大树我就全身寒冷
树越大，我越寒冷
我越寒冷，我感觉树越大

这两天看见床我就会逃跑
床越宽，我逃得越快
我逃得越快，我感觉床越宽

这两天看见电脑我就动情
电脑越恼，我越动情
我越动情，我感觉电脑越恼

这两天看见天我就开始头晕
天越晴，我头越晕
我头越晕，我感觉天越晴

两天之后，我看见自己就想打
看得越清楚，我打得越重
我打得越重，我感觉自己越清楚

2007｜05｜11｜新西兰汉密尔顿

当我举起双手高过头顶

当我举起双手高过头顶
忽然意识到这个动作的多重含义
当我的两只手心朝向前方
将意味着我承认失败
我向凶险的现实生活投降
放下手中谋生的武器
做没有赢家的俘虏
当我的两只手心彼此相向
就意味着我一时的成功
或者期待自己与别人能够取胜
尽管结果常常与我的期待相反
当我的两只手心朝向后方
以及当我的两只手心彼此相背
这对我来说都是古怪的行为
当我的两只手心被握在拳头中间
有一些愤怒将从这里喷发而出
我的拳头握得越紧
我的愤怒就越愤怒
当我的两只手心方向紊乱

那可能是一次原生态的懒腰
我在失去知觉的短暂时光
身体和心灵被幸福光顾

2007 | 05 | 29 | 新西兰汉密尔顿

我始终在百叶窗的某一面

我始终在百叶窗的某一面
而不可能在它的全面
夏天是这个样子
秋天或冬天也不可能换个样子
我长时间守望在百叶窗的某一面
看天空被一条条分割
看高空的云朵被一条条分割
看低空的房顶被一条条分割
看高大的桑树被一条条分割
我的眼睛被一条条分割
我的心灵被一条条分割
我的思绪被一条条分割
我尝试着分辨天空和空气
我尝试着分辨叹息和呓语
谁能想到某个夏天我会在得克萨斯
慢慢翻转百叶窗的叶片
让养育我的自然卷动我的心情
带出不尽的幸福与感伤

平静地对自己说

荒原上有百叶窗真好

2007 | 06 | 30 | 美国得州米德兰

我每天重复的驾驶动作

我每天重复的驾驶动作
从旋动钥匙开始
然后挂倒挡
向右扭头往后看
把车倒出车库
停下来，往前看
然后改挂前进挡
向前开到路口
停下来，扭头看左
有车就让车
没有车就转右
加速向前开
打左灯，开进限左转车道
少数时候运气好
正赶上绿色的左转箭头
我就一鼓作气地左转了
多数时候需要停下来等待
发现自己头脑一片空白
左转之后就一直向前开
很快能望见市中心的高楼

蓝天白云下的美国银行大厦
并不能冲淡重复的乏味
在一往无前的安德烈道路上
还要准备过七八个红绿灯
通过和等待的情况各占一半
直到进入市中心之前
我才需要再次打左灯
开进限左转车道
少数时候运气好
正赶上绿色的左转箭头
我就一鼓作气地左转了
多数时候需要停下来等待
发现自己头脑一片空白
左转之后就一直向前开
开到高楼大厦的缝隙中间
钻进某栋楼里面
无数次地左转攀爬
终于到达预定的位置
停下来，旋动钥匙
与开始相反的方向
作为不重复的结束

2007｜07｜26｜美国得州米德兰

重新认识诗歌

重新认识诗歌
重新认识语言
重新认识思维语言的方式
重新认识与思维同在的自己
重新认识自己的情感、理智和意志
以及它们分别附着的肉体、头脑、灵魂
重新认识四肢、躯干、内脏和性器官
重新认识五官、左脑、右脑和胼胝体
重新认识圣父、圣子、圣灵的三位一体
重新认识掌纹、血液、狐臭、梦遗
重新认识眉眼、重听、口吃、鼻塞及第六感
重新认识现实与超自然神秘力量的关系
让我重生一次，从社会的子宫和文化的阴道
结果避免了早产却遭遇难产
重新认识起初的啼哭
重新认识乳汁的哺育
重新认识翻身、爬行、跌倒、直立行走
重新认识咿呀学语、鹦鹉学舌、语出惊人
重新认识自私、付出与回报的等式

重新认识犯罪和掩饰犯罪
重新认识人间与天堂的双重审判
重新认识自己的双重标准
重新认识标准的虚伪与虚无
重新认识虚伪的价值
重新认识虚无的意义
重新认识意义对诗歌的反叛
重新认识价值对人生的叛逆
重新认识诗歌的衰落
曾经让我高大，现在让我渺小
重新认识人生最后的晚餐
无论中式的或者西式的
都是一出悲剧

2007｜08｜18｜美国得州米德兰

向黑暗扔一块石头

向黑暗扔一块石头
我的双眼没有得到回应
只听见石头飞行的声音
以我目前的处境
石头最可能碰着一栋建筑
不是墙就是门或窗
也很可能碰着一个行人
他或她身体的任何部位
也很可能碰着一辆车
轿车、客车或救护车
很少的可能是碰着一棵树
夹竹桃或者法国梧桐
不可能碰着一江秋水
江上的渔船或江岸的赤壁
不可能碰着一望无际的田野
金黄的稻谷或雪白的棉花
不可能碰着一只飞鸟
乌鸦或者喜鹊
它们本应是石头的归宿

今天变成了城市的命运
向黑暗扔一块石头
和向光明扔一块石头
效果竟然完全一样
我站在黑暗中
剩下石头奇怪的响声

2007 | 09 | 18 | 湖北咸宁赤壁

灯下的自画像

灯下的自画像
我只画了两分钟
却让我感动至今
我没有使用一面镜子
而是使用一盏灯
我不能看见我的前面
却能看见我的背影
我俯在桌子上速写
专注于心灵的平静
从来不敢抬头望灯
仿佛灯是人类的良知
否则我对生命的亏欠
将瞬间淹没我的记忆
我不该有嘴巴
我不该长眼睛
我只配拥有一对扇风耳
鼻子处于现实与幻影之间
从未见过的后脑勺
现在已是半透明状态

我对自己的前世、今生
开始有一些朦胧的想法
我自幼偏长的脖子
终于跟头脑融为一体
回避了一个个讽刺
而我狭窄的双肩
过去承担了太多的使命
今后它只需要承担爱情

2007 | 11 | 15 | 美国得州米德兰

此路不通

此路不通
写着这四个字的牌子
竖立在大路的右边
它是对汽车说的
也是对驾驶汽车的人说的
但不是单独对人说的
也不是对常见的动物说的
比如猫和狗
它们不太理会人为的那一套

现在我属于哪一种呢
如果我坚持同我的汽车守在一起
此路不通
如果我愿意放弃我的汽车
沿着一条双脚踩出来的小路
我可以在前进的方向上
越走越远
一直走到我内定的目的地
以及没有尽头的天边

2007 | 11 | 27 | 美国得州米德兰

吻

吻
是嘴对身体的压力
她感觉到了
我感觉到了
依次传递开去
触及舌头的火
内脏的花
上肢的藤蔓
头脑的果实
下半身的异梦
分散到皮肤下面
汇聚成意念
明明张开口
却感觉不到嘴

2007 | 12 | 01 | 美国得州米德兰

塑料袋

塑料袋
我曾经举例说
它没有诗意
即使在它上面写满诗句
前面写，后面写
里面全部都写
它也没有诗意
即使用它装满诗集
风、雅、颂
唐诗、宋词、元曲
草叶集、恶之花
它也没有诗意
即使用它蒙住诗人的头
一个袋子蒙一个
再戴上香气逼人的桂冠
成为年度十大新闻
它也没有诗意
即使千万个塑料袋
做成冬天的大棚

里面百花盛开，四季如春
画家们排队写生
它也没有诗意

2007 | 12 | 20 | 美国得州米德兰

长诗

长诗
也是人写的
我把右手食指
放进嘴
先试用犬牙
后改用大牙
咬破皮
浸出深红的鲜血
开始在桌布上写字
写完第一画
我就面临选择
写繁体字
还是写简体字
做一个传承文明的人
还是做一个破坏者
我两样都做
抑或两样都不做
从横笔画的上面
长长地画下一竖笔

直至耗尽血墨
构成一个意味深长的十字
它就是我心目中的长诗
描述这个过程
从《创世纪》到《启示录》
我用了二十一行
与二十一世纪无关
加上前后的补充说明
总共两千零七年

2007 | 12 | 26 | 美国俄克拉荷马

洗手

我伸出手
一般先伸右手
后伸左手
偶尔同时伸出双手
无论哪种情况
都不是暗语
都没有任何寓意
只是为了让水冲洗它们
少数时候是为自己冲洗它们
多数时候是为他人冲洗它们
我知道手心手背都是肉
但习惯从手心开始洗
右手心先帮助左手心洗
左手心再帮助右手心洗
接着右手心洗左手背
左手心洗右手背
然后十指交叉互相洗
从不漏掉一个指节
做得像水一样完美

洗手，多洗一次
少洗一次
应该不影响手的衰老
我已四十不惑
不知道洗过多少次手
至今没有厌倦
半小时前我刚刚洗过
现在又伸出双手
让水在皮肤表面流
一些看不见的事物被冲走
陪时光飘然远去
我留下子宫中的十指
活动自如，每一根三截
随时准备改变我的心态
洗手不需要理由
即使没有做过任何坏事
也可以坦然洗手
两个动作之间的关联
多半是人定的
我打算离经叛道
有事没事伸出一双手
享受水流的友谊

手无论肮脏还是干净
水一样的冰凉
或者一样的温暖
水不过问手的历史
垂直冲向手心和手背
溅起阵阵喝彩
未来究竟如何
有时候看我的期待
我把自己的意志
不但强加给手
而且强加给水
直至我崩溃
等待下一次洗手

2008 | 01 | 15 | 美国得州米德兰

辣椒奔跑在路上

辣椒奔跑在路上
一个落伍的诗人
用内心的独白
陪伴或多或少的余生

我爱吃辣椒
这是四川人的传统
饱满的激情
直到中年以后

整棵的辣椒
从它的树上跳下来
让火烧
让牙齿撕咬

碎片美味依然
顺食道滑行
来到胃里
庆祝第五次丰收

辣椒的粉末
浸泡在油中
发酵在水里
都是香味的选择

用我的鼻子和舌头
为辣椒写一首诗
开始于尖，结束于圆
消耗毕生的精力

在我的美术馆里
辣椒是永久的收藏
头朝上，尾朝下
瞬间的站立潇洒无比

有辣椒与我同行
我从来不畏惧孤独
它曾经给过我多少安慰
我的血液很清楚

2008 | 02 | 10 | 美国华盛顿特区

我在洗澡

我在洗澡
你们不方便进来
但不影响读这首诗
冲刷身体的水流
温度和力度都正好
从我的头部开始
一部分溅出体表
一部分沿躯干向下
和我亲密接触
很像你们阅读的顺序
前言、目录、正文、脚注
一本三百页的书
只要有三页可读
你们就该知足
对于我的肉体
我也一样的宽容
脸不值得欣赏
小腿还不错
曲线优美，富有弹性

家乡的坡路栽培了它

我常怀感恩的心

洗头的时候

悄悄地流出泪水

洗脚的时候

大胆地露出笑容

洗背的时候

喜欢提出人生的猜想

不是仰起脸

就是低下头

2008 | 02 | 12 | 美国得州米德兰

尊敬的母亲

——为去世十周年的母亲扫墓

尊敬的母亲
你在这个山腰
睡着一生最长的觉
那是何种感觉
目前我没有经验
也没有听过来人讲过
我粗略想象一下
这一觉应该无梦
噩梦和美梦都没有
这一觉应该不打呼噜
鼻息轻灵而均匀
吸引众鸟来栖居
这一觉应该始终平躺
不翻身，不蹬铺盖
天空很低，斗转星移
多数植物都充满幸福
你终于拥有安稳的睡眠
直到自然醒来的那一天

2008 | 05 | 01 | 四川蓬安

绝情十五行

爱情从手开始，这是
我的宿命，一对行走的
情侣，充满中级趣味

我摸到她手的年龄
比我的手要年轻
意料之中的事情
让我失望之后惆怅

她摸到了什么
我一路都在猜测
有可能是温度
也有可能是湿度

爱情从脚结束，这是
我的幸运，两双球鞋的
印痕，不再一起出现
路上的杂草可是越长越好

2008 | 06 | 09 | 美国得州米德兰

一只蟑螂悄悄地死在米袋里

一只蟑螂
在半个月以前
被我踩掉一条后腿
然后就逃得不知去向

今天下午
家里的米接近吃完
我才发现这只蟑螂
已经悄悄地死在米袋里

它仰面而躺
怀抱一粒饱满的米
起先它看似幸福
后来又让人倍感孤独
缺失的左后腿
使它显得格外落寞

2008 | 07 | 19 | 美国得州米德兰

在沙丘上行走

在沙丘上行走
我觉得这里比街道更想我
它们热情地拉着我的脚
像久别重逢的朋友
激动得说不出话
只抓住身体的某部分摇
那意思双方都懂

我很久没有这样频繁回头
查看自己留下的脚印
它们开始在沙丘的细腰
现在已经缠住沙丘的背部
每一只都有个性
彼此之间又有关联
堪称大师的杰作

2008 | 07 | 26 | 美国得州莫纳汉斯

我不相信桌子没有快乐

我不相信桌子没有快乐
这是我的直觉
发自心和灵魂的接触
肉体和心的连接
我一天的伏案写作
与桌子长久相处
却几乎没有交流
直到深夜
我才反省自己的冷漠
关注它的一切
围绕它轻轻漫步
椭圆形的桌面
像兄长宽厚的脊背
四条挺直的脚腿
做出默想远方的姿势
两只乖巧的小抽屉
装有一些什么
我很久没有看过
我和它坐下来

隔一条腿长的距离

把脚放到它上面

相互幽默一阵

2008 | 08 | 15 | 美国得州米德兰

一天过快的生活，一天过慢的生活

一天过快的生活
一天过慢的生活

一天被闹铃吵醒
一天睡到午后三点

一天急得便秘
一天享受马桶

一天没有胃口
一天吃丰盛的食物

一天穿整齐的衣服
一天赤裸上身

一天开车上班
不停地按喇叭

一天无目的地散步

走走，停停

一天见七八拨人
没有一个朋友

一天约两个人
谈一些意外的话题

一天情绪多次失控
都忍住了

一天想骂谁就骂谁
没有严重后果

一天都在制造热闹
却难有看的心情

一天都在等待热闹
却迟迟不见发生

一天都不想回家
回家也不管用

一天都待在家里
苦恋着地板

一天都孤独
在川流不息的人群中

一天说了一千句话
全都记不得了

一天的独处
反倒有心的沟通

一天的沉默寡言
反而受到自己的尊重

原来一天是星期五
一天是星期六

2008 | 10 | 21 | 湖南长沙

我的心慢慢下沉

我的心慢慢下沉
仿佛滴水穿石的过程
轻微而刻骨铭心
四十年前
它在我的头顶
与上天时常亲近
三十年前
它在我的五官中间
喜欢流于言表
二十年前
它在我的脖子旁边
滑稽中带着幽默
十五年前
它在我的肺叶周围
憋着僵尸的气息
与肉体结伴而行
十年前
它在我的胃里面
迟迟不能消化

五年前

它掉到肾和膀胱之间

生命的沉浮

自己无可奈何

三年前

它掉进两条大腿

灵魂一分为二

我奢望从世界抽身而逃

现在

它已经接近膝盖

我开始接受命运的安排

等待它直落脚掌

在冬天走遍黯淡的山河

2008 | 11 | 16 | 重庆

最近我常常听见远方的声音

最近我常常听见
远方的声音
很轻
但能唤醒我的肉体和心灵
向两只耳朵靠拢
我斜靠在破旧的沙发上
微闭双眼
想象声音的行程
它源起于海面之巅
流走的云朵
横跨岸边的悬崖
翻越大小山岭
拂过宽阔的田畴
溪涧、河流、湖泊
到达四川盆地
从朝天门进入重庆
沿高层建筑的轮廓
分散于大街小巷
最后剩下微弱的气息

被我吸收

死在我的幻觉里

2009 | 02 | 01 | 重庆

穿哪双鞋去迎接远方来的稀客

穿哪双鞋
去迎接
远方来的稀客
我坐在家门口
打开久违的鞋柜
看一双双鞋子
落满灰尘
它们是过去十年
我双脚的伴侣
五双皮鞋，三棕二黑
两双运动鞋，都是白色
七八双拖鞋，塑料的
布的、木质的

我在家里
习惯不穿鞋
就近走一走
一般穿拖鞋
开车出门

需要见熟人
迫于规则
只好穿皮鞋

面对漂亮的鞋柜
看得出来
我是一个
少于出门的人
很少见熟人的人
基本不参加
正规运动的人

所谓远方来的稀客
其实是我
一年未见的妻儿
一小时后
他们到达江北机场
我决定穿上
崭新的白色运动鞋
站在旅客出口
面带神秘的微笑
让他们误以为

我多么热爱运动

身体比从前健康

从此

一家其乐融融

2009 | 08 | 03 | 重庆

| 我属于何时何地何物 |

走过中梁山隧道

走过中梁山隧道
慢慢医治我的愤怒和痛苦

我曾经乘车穿过这条隧道
两个方向都穿过过

我曾经开车穿过这条隧道
两个方向都穿过过

我曾经看见拾荒者、流浪者
精神不正常的人走过这条隧道

现在我放弃开车、乘车
漫无目的地走过这条隧道

久久不断的车流从我身旁流走
车上也会有人留意到我

我是拾荒者、我是流浪者

我是一个精神不正常的人

只有走过一条隧道

我内心的黑暗才会慢慢变亮

2011 | 10 | 21 | 广东广州

住在我家附近

住在我家附近
这是朋友听说我回来
电话问我住在哪里
我随口的回答

所谓的家
是我原来的居所
已经七年没有住人
只剩落满灰尘的家具

离我家不远
有一家小而美的酒店
过去我用它接待远方的朋友
现在它开始接待我

2012 | 09 | 09 | 广东惠州

小跑的魅力

小跑的魅力
一个人需要坚持多久
才能体会得到
我说不好
我正在小跑
我正在体会小跑的魅力
起点和终点都不重要
重要的是我能小跑
比走稍快的速度
比跑稍轻的步伐
正好配合我的心跳
同时配合我的血压
天不怎么蓝
空气不怎么好
草木也不怎么干净
我的思绪
已经翻越了岳麓山顶
找回来少年的感觉
这样的反差
难道仅仅是因为我在小跑

2012 | 12 | 17 | 湖南长沙

我在等谁

我在等谁
我在这里已经等了半个小时
少数时间坐着
多数时间站着
表明我长久期待的心情
夹杂短暂的倦怠
这是一个丁字路口
两条大路交叉
有三个方向可以到达我的位置
起初我注视南方
望不到尽头的高楼大厦中间
车辆川流不息，行人摩肩接踵
接着我注视东方
车比人多
然后我注视西方
人比车多
我就这样南方、东方、西方地循环瞭望
多少车辆和行人
接近我，又远离我

没有人问我是不是他们要找的人

甚至没有人问我去哪里怎么走

这里还叫鱼洞

已不是我的那个鱼洞

最后我开始怀疑

我在等谁

我站在这里

或许就是为了站在这里

故乡罚我站在这里

2013 | 03 | 28 | 湖南长沙

二十二年前的宾馆

二十二年前的宾馆
我又住了进来
同样是九楼
同样是朝西北方向
同款的沙发
同款的书桌和行李架
我入住后的第一件事
还是上卫生间
同时看镜子中的自己
还是同样的我吗
我没有把握
楼下等我的朋友
还是她吗
我也没有把握
好在鹅岭南路
大约还是鹅岭南路
我明天将由此往南
先去深圳，再去香港

2014 | 05 | 23 | 广东惠州

今天我突然关心学生时代的一把椅子

今天
我突然关心
学生时代的一把椅子
我们已经分开二十六年啦
如果它还在
如今流落到哪里
四条腿利索不
靠背结实不
以它的年纪
是否常常气喘吁吁
是否不停地咳嗽
希望那个有福气坐它的人
像我一样友好

如果它不在了
如今变成了什么
最好还是常用的家具
桌子、椅子、床
最好还在某所学校

小学、中学、大学
最好还在北京
靠近西八间房的地方
这样或许还有机会
让我们久别重逢
当然
它化作青烟也很理想

2014 | 06 | 23 | 广东惠州

我站在海边等那条大鱼出现

我站在海边
等那条大鱼出现
不少人
跟我一样站在海边
等那条大鱼出现

我已经站了两个小时
也没有看见那条大鱼
不少人
已经站了超过两个小时
也没有看见那条大鱼

我不知道还要站多久
才能看见那条大鱼
不少人
可能也不知道还要站多久
才能看见那条大鱼

我开始动摇

等下去有没有意义
不少人
或许也在动摇
等下去有多少意义

过去两个小时
这片沙滩
一直有人来
也一直有人走
更多的人坚持等待

我决定再等两个小时
只再等两个小时
不少人
都在内心说再等一等
只再等一等

这里的人传说
那条大鱼带来幸运
每年总会出现
一至二次
一般选择潮起之时

我是这里的过客
只有一天的停留时间
也许更能验证
我与大鱼的缘分
以及来年幸运指数的高低

我继续站在海边
等那条传说中的大鱼出现
不少人
继续站在海边
等那条传说中的大鱼出现

这是一片奇特的大海
只有辽阔的天空
和浩瀚的海水
没有船只
也没有海鸟

传说就是这样
只有辽阔的天空
和浩瀚的海水
没有船只

也没有海鸟

等我离开这里
我将续写曾经的传说
东部的陶朗加海域
有一条大鱼
吞噬了靠近的海鸟和船只

它跟人是朋友
即使不祝福我们
也不伤害我们
即使我没有等到它的出现
也没有损失

在我注意力分散的时候
沙滩上一阵躁动
不少人
向一位小姑娘走去
听她讲她的发现

我不懂这里的语言
听不懂他们讨论的内容

从他们的手势和表情
我猜测
小姑娘听到了大鱼的动静

她说大鱼已经来过
正在远去
始终潜在海底
所过之处
形成奇特的声波

不少人相信了她的说法
开始离开沙滩
也有不少人不相信
依然站立原地
等待那条大鱼的出现

我可以相信
也可以不相信
我记住自己的诺言
再等两个小时
只再等两个小时

这时候
狂风大起
暴雨突袭
飞沙走石
仿佛末日来临

我本能地转身
拉起外衣蒙住头
跪在沙滩上
十指抠进温暖的沙里
顾不得海水淹没我的膝盖

一切恍如梦境
当我能够睁开双眼
沙滩上剩下的人已经很少
种种迹象表明
那条大鱼已经来过

2015 | 01 | 31 | 广东惠州

雪最好下几天

现在北方在下雪
我们在南方都知道了

有一种可能
南方人比北方人更关心雪

北方人关心
雪什么时候停

南方人关心
雪最好下几天

第一天
雪下了就化了

有白天
也有夜晚

第二天

雪覆盖大地

天像天
地也像天

第三天
雪继续覆盖大地

道路宽广通向地极
只是人影稀疏

第四天
积雪高过膝盖

人们白天想念太阳
夜晚想念月亮

第五天
积雪齐腰

饿狼嗥叫雀鸟悲鸣
童话全部讲完

第六天

雪人与天试比高

孩子们累了

大人更是筋疲力尽

第七天

雪的休息日

人们忙起来

自扫门前雪

2015 | 11 | 22 | 广东惠州

一九八三年我第一次看见大海

一九八三年
我第一次看见大海
在飞驰的火车上
我靠着窗
窗户打开一半
疾风吹拂我的长发
我大口吞咽着扑面的气息
突然
一片碧绿的水体
呈现在湛蓝的天空下面
大地吸收阳光
水体反射阳光
在人们对大海的呼唤声中
我感觉一切都静止下来
先静止了三分钟
再静止了三十年
一直停留在我内心的隐秘之处
这几年的夏天
它又会动起来

把我带回曾经的现实
让传说继续声名远播
这时候
我多半会喃喃自语
山海关、山海经

2016 | 04 | 09 | 广东惠州

许多药名都有诗意

许多药名都有诗意
这是我连续服药
十四年以后才有的顿悟
此时
三种意境的药片
正从我的食道滑向胃
我已经习惯
吃药的时候默念它们的大名
文迪雅、格华止、维格列汀
这种感觉很像
一个久违的梦境
在双螺旋的时间通道中
我飞驰而去
完全处于失重状态
对于一个慢性病人来说
通过美化服药的过程
期待可以收到神奇的效果
就像传说中的阿司匹林
先是镇痛解热

后来用于预防血栓
最近几年
我甚至怀疑
有些药片就是诗神的化身

2017 | 01 | 08 | 广东惠州

记住

记住
写作一开始
选用小四
宋体（中文正文）
把音乐的声音
调低
最好百分之二十六
除此之外
尽量忘记一切
让那些古代的、现代的经典
随风飘逝
你站在避风口
看清楚光线的来历
欣赏灰尘的饱满和圆润
让自己大字不识两个
只会口述
讲过去与未来的相遇
强调男女有别

生殖和灵魂

最终是一回事儿

2017 | 01 | 12 | 广东惠州

天亮以前

天亮以前
我醒来躺在床上
只能看见窗帘缝隙
微弱的灯光
市井整日不灭的嘈杂
慢慢清晰起来
一个女高音喊“你打呀！”
“你打呀！”
浑浊的男声拉高嗓门“你说：
有没有这事儿？”
“你说：有没有这事儿？”
另一个女高音唱和
“这还用问吗？”
“这还用问吗？”
这样的相互叫阵
不知道重复了多少遍
直到传来两声鸡鸣
天也不亮

2017 | 01 | 24 | 广东惠州

我已是深圳的过客

不知从何时起
我已是深圳的过客
多年以前
我曾经逃离北京
来到深圳这个边城
发现这个国度最多的自由
并在这里发达
在这里堕落
在这里让理想急转弯

不知从何时起
我只是到深圳会客
吃完饭，喝完茶
就有迫不及待离开的念头
然后找最近的高速入口
一路飞速向东
就像逃出深山的虎穴
全身心的快活
偶尔也有一些惆怅

2017 | 02 | 11 | 广东惠州

我属于何时何地何物

我属于何时何地何物
这种迷茫
从十岁到五十岁
从南方到北方
与我始终不离不弃
我曾经属于某某主义
后来以为属于自己
现在
夜晚我属于床和被子
早晨属于马桶
然后属于仿莲花状的
喷头和水流
然后属于一条浴巾
再属于内衣和内裤
早餐时分
一部分属于椅子
一部分属于桌子
剩余部分属于盘子和筷子
总体而论属于食物
以及种种异物

汽车
墨镜
道路
红绿灯
直到属于既公共又私立的
十平米
属于一部电话
属于一部电脑
属于层出不穷的对话
有声的和无声的
偶尔属于沙发
黑色，皮革
曾经属于一只动物
它又曾经属于枯干的植物
它们一起属于土地
我就这样耗尽整个白天
中间穿插无数的
茶水
咖啡
面孔
美人痣
最后我从相反的方向
进入夜晚

它从根本上排斥我
排斥我的头发和舌头
让我的神经
错开生命的道路
乱球弹琴
瞬间以为自己明白了
人的归属
并深深地陷入僵局
当我感动自己的时候
没有空间和时间
当我停留在此时此地
完全迷失了自己
这就是一首诗的内容
此有，彼无
彼实，此虚
我从此放弃终生的追问
专注于
十指紧扣
让空气钻不过缝隙

2017 | 03 | 08 | 山西忻州

躺在地板上仰望夜空

躺在地板上
仰望夜空
拉近了
我与两颗星星的距离
也让我的思绪反向生长
先有飞行器
后有云层之上的航路
先有人类
后有日月和星辰
先有苹果
后有苹果树的开花结果
子宫中的婴孩
正是外星人的祖宗

2017 | 05 | 16 | 北京

神秘的梳子店

今天又一次路过
这家神秘的梳子店
除了店员空无一人
全国各地都有此店
二十年来天天如此
我每次都会心生疑问
它们靠什么维持生计
我是否应该
向有关部门举报
怀疑它们是
某情报机关的接头地点
接头暗号是某把梳子

2017 | 05 | 20 | 北京

投宿鱼洞新市街的酒店

突如其来的一场小病
让我投宿
鱼洞新市街的酒店
这条街的尽头
是我出生的医院
这条街的起头
是我儿时的旧居
现在我躺在
两者之间的床上
写完一份感恩的名单

2017 | 05 | 30 | 重庆

黄葛树

黄葛树
是一种什么树
我也说不清楚
只能请你到重庆市
巴南区鱼洞镇
新市街一号
那里有一棵树干巨大
树冠也巨大的老树
它曾经看着我长大
如今物是人非
只有它和门牌号码留在原处
如果在春天
它会朽木发新绿
如果在秋天
它的果实远远地香气四溢
去年我曾站在树下
看长江滚滚东流

2017 | 06 | 01 | 重庆

手机充电实验

多数人
会在电不足百分之二十的时候才充电
这说明多数人都不傻
也不是很聪明

少数人
会在电不足百分之五十的时候就充电
这说明少数人很聪明
并不得志

一部分人
只要有机会就充电
这说明这部分人非常谨慎
也很神经质

另一部分人
直到没电了才会充电
这说明这部分人凡事想得开
不在乎后果

还有一部分人

充电没有规律

这说明这部分人不是科学家

就是花痴

2017 | 06 | 04 | 广东惠州

一只雌性绿狒狒的动物园生活

在最好的学区
住一幢两层别墅
一日三餐
有音乐陪伴
满桌子丰盛的水果
任手挑选
先抓过一块木瓜
再嗅一嗅香梨
最终选择一根香蕉
扯开皮
两口吞掉肉
然后
抬眼环顾四周
一副百无聊赖之态

2017 | 06 | 15 | 北京

初到深圳

一九九一年
十一月底
我初到深圳
住在福田
第二天清晨
在深南中路的
越华酒楼
一桌人喝早茶
我的邻座
是一位处长千金
在上菜之前
她问我喝过早茶吗
我说没有
她问我喝过上午茶吗
我说没有
她问我喝过下午茶吗
我说没有
她问我喝过晚茶吗
我说没有

当年像审问一样的对白
二十六年后
变得像一首诗

2017 | 06 | 22 | 广东惠州

电梯里

那年回国
在北京
我从二十四层
走进电梯
关门，向下运行
然后缓缓停在十八层
在一阵说笑声中
进来一家人
爸爸、妈妈和儿子
我突然像遭受猛烈电击
高高仰起头
用僵硬的脖子
垂直地顶起一颗脑袋
仿佛这样就能逃离地球
二十年前的恋人
早就杳无音信
如今跟她的丈夫和孩子
与我撞了一个满怀
当电梯最后停到一层

她走出去的时候

我注意到

她也遭受了同样的电击

一直低垂着头

跟我一起跌落十八层地狱

2017 | 07 | 24 | 广东惠州

| 一个人的编年史 |

一九六五年

这些事情
是我的母亲
后来告诉我的
她生我那天
天还没亮
医院还没开门
是扫地的清洁工
招呼门卫开的门
母亲一躺在产床上
就听见了我的哭声
这个过程
暗合一个传说
孩子都是
从垃圾里捡来的

2017 | 08 | 15 | 广东惠州

一九六七年

这件事情
是我最早的记忆
窑坝的邻居
共请一个杀猪匠
带着两个徒弟
一起为家家杀年猪
噼噼啪啪燃烧的柴火
把大铁锅中的河水
烧得翻滚
和我一般大的
几个娃儿
在肥猪的号叫声中
追来躲去
中午的刨猪汤
蒜苗回锅肉
它们的美味
后来再无法复制
那样的快乐
也早去得无影无踪

2017 | 08 | 15 | 广东惠州

一九六八年

天开始阴下来
妈妈动手准备晚饭
我兴奋地喊
爸爸回来啰
他却没像往常那样
笑着叫我幺儿
他的后面
跟着两位叔叔
脸都像天一样阴
爸爸跟妈妈
站着说了几句话
然后带上
铺盖、脸盆、毛巾
和一包衣服
从回来的那条路
离开了家
他身后
一直跟着两位叔叔
我和妈妈

站在门前

目送他们消失在夜色中

2017 | 08 | 15 | 广东惠州

一九七四年

工业学大庆
农业学大寨
有一天
体育老师宣布
跑步去大寨
明天早晨六点出发
鱼洞车站集合
第二天清晨
同学们按时到达
跟着老师
从新市街的这头
跑到那头
再从那头跑回这头
体育老师宣布
同样的时间
同样的地点
明天早晨集合
现在解散

2017 | 08 | 16 | 广东惠州

一九七五年

当年的电影院
只有大厅
一场容纳几百人
入场的时候
拥挤不堪
每个人拿着票
让工作人员撕角
称为裁角作废
为多看一场样板戏
我学会了做假票
把两截废票
无缝拼接
挤在人群中混进场
等电影开始放映
再找一个空座
然后忘情于
沙家浜
智取威虎山
奇袭白虎团

2017 | 08 | 16 | 广东惠州

一九七六年

那年九月
我上初中一年级
一天下午
第二节课的铃声
响完了很久
也不见老师走进教室
我们几位同学
溜出去张望
操场上空无一人
突然
学校的高音喇叭
响起了哀乐
我们赶快跑回教室
到座位上坐好
鸦雀无声地聆听
一则极其悲痛的讣告
伟大的领袖和导师
毛泽东同志
于一九七六年

九月九日零时十分
在北京逝世

2017 | 08 | 16 | 广东惠州

一九七七年

一九七七年
全国恢复高考
四川省出了
一套内部辅导资料
工本费一元五角
当年我读初二
我哥读高一
这套资料并不急用
父亲看得长远
决心买
由于家庭经济不宽裕
他便戒了烟

2017 | 06 | 08 | 广东惠州

一九七九年

一九七九年
学习的氛围很浓
最大的变化
在美术课
以前画美国大兵
被地雷炸飞
只剩下两条腿
一颗头
大鼻子，戴钢盔
从此
改画为越南兵
被解放军的手榴弹
炸得粉身碎骨
只剩下两条腿
一颗头，酒糟鼻子
木制头盔

2017 | 08 | 17 | 广东惠州

一九八四年

这一年我写的信
每一封都寄了出去
我找到了
那个读信的人

2017 | 08 | 19 | 广东惠州

一九八八年

一九八八年
我研究生毕业
参加工作
每月工资九十七元
这份收入
是工人阶级中的高薪
我偷着笑了三个月
便在物价飞涨中欲哭无泪
这年底
人们用洗脸盆抢醋
用水缸抢酱油
抽屉里装满了味精
我的父亲
在水泄不通的人群中
抢回家三十块肥皂
三年前整理他的遗物
还剩有两块半

2017 | 08 | 20 | 广东惠州

一九九一年

一九九一年
我刚到深圳不久
一位老同学
神秘地对我说
今晚咱俩去个地方
体验一下资本家的生活
他先请我吃晚饭
饭后带我沿深南中路
拐到华发南路
走进一间小发廊
所谓资本家的生活
就是洗头
靓丽的发廊妹
把号称进口的洗发水
抹到我的头发上
再把我湿漉漉的头
紧紧地贴在她胸前
用纤纤手指
按摩我的前额和头顶

如此反复数遍

我也没有意志消沉

2017 | 08 | 20 | 广东惠州

一九九二年

一九九二年
八月九日
深圳发行认购
新股抽签表
总共五百万张
中签率百分之十
一个人
用十张身份证
一千元手续费
有可能中签一次
可购买一千新股
在银行和证券部门口
百万排队大军
整整排了两天两夜
发行一小时
就被全部抢购一空
失望而疲惫的人们
久久不愿离去
在我住的桑达大厦楼下

一位穿着时髦的妇女
像乞丐一般头发蓬乱
正向围观的人
动情讲述她的遭遇
我在三米开外
已闻得见
她身上刺鼻的尿味

2017 | 08 | 23 | 广东惠州

一九九三年

一九九三年
在黄山开会
我从山顶下来
在山脚等车
一位老农
拉着我的左手
看了又看
面露惊讶之色
见我身旁都是熟人
凑近我一阵耳语
我先是大笑
再连说几遍不可能
在我的记忆中
这是我唯一一次
得到高人指点

2017 | 08 | 05 | 广东惠州

一九九六年

一九九六年
我第一次出国
从香港飞洛杉矶
逛完迪士尼
再从加州驱车
直奔拉斯维加斯
打了通宵的老虎机
不影响第二天
站在科罗拉多高原上
俯瞰深邃的大峡谷
原来现代文明
与原始的自然
完全可以和平共处
东部一场暴雪
让纽约的行程泡汤
改到圣地亚哥
看海豚和海狮的表演
接着飞到东京
坐新干线

在浅草寺吃煎包子

然后回到香港

走过同一座罗湖桥

十天的行程

我用比较级来总结

香港比北京干净

东京比香港干净

美国比日本干净

2017 | 08 | 27 | 广东惠州

一九九八年

一九九八年
五月的一天
我办公室的巴西铁树
背靠墙角的一侧
长出一串白色的小花
香气沁人心脾
第二天天不亮
一阵急促的电话铃声
把我从睡梦中惊醒
哥哥告诉我
妈妈刚刚去世了
快回家吧

2017｜08｜28｜广东惠州

二〇〇二年

二〇〇二年
我在新西兰北岛
购买了一栋小房子
想到未来的写作生活
我特别注重它的风景
新西兰第一大河
怀卡托的一条支流
发源于后院的山丘
流经前院二十米
一条宠物鳗鱼
每天上午下午给它准时喂食
前后院都有茂密的树林
和整齐翠绿的草地
无花果树、斐济果果树
是我新认识的品种
这样自然的生活
三个月后
我就明白了自己的无知
繁重的园艺工作

不是我能够胜任的
后来
我就成了败家子
年年砍树
只剩下开阔的草地
和水泥路

2017 | 08 | 31 | 广东惠州

二〇〇四年

二〇〇四年
一月的一天
黎明之前
我搭乘的国泰航班
降落巴黎戴高乐机场
在到达出口
同事先上厕所
我照看行李
一位中东人模样的男人
向我比划什么
我定眼一看
地下有一张二十欧元的纸币
这等好事
他还需要通知别人
我感到蹊跷的同时
迅速转过身去
另一位中东人模样的男人
正提着同事的电脑包离开
我下意识地一声呵斥

吓得他扔下包就逃跑
同行的香港律师
就没有这么幸运
第二天早晨出发前
他在酒店大堂讲电话
一支烟的工夫
电脑包已不翼而飞

2017 | 09 | 01 | 广东惠州

二〇〇五年

二〇〇五年
我住在新西兰北岛
自我感觉像进了桃花源
却常常听人说
去了南岛
北岛就不算什么
就像黄山归来不看岳
年底圣诞节假期
我自驾车去南岛环游
计划从东岸南下
再从西岸北返
在著名的皇后镇
我除了惊叹
还是惊叹
上苍把大自然所有的美景
集中于几平方公里
西边日落东边雨
彩虹悬挂中天
一湖碧水五彩缤纷

巧克力色的岩石

镶嵌深绿色的森林

鹅黄色的草场

点缀埋头吃草的牛羊

夏日里

远山的积雪

足以安慰一个人曾经的沧桑

2017 | 09 | 01 | 广东惠州

二〇〇九年

二〇〇九年
七月二十二日
早晨八点零八分
我在重庆
站在朝东的阳台瞭望
太阳开始出现缺口
缺口慢慢变大
然后剩下半个太阳
太阳慢慢也成了
弯弯的月亮
基本上像倒放
一弯新月的慢动作
直到天黑得
伸手不见五指
某些生物神经错乱
火炉山城的盛夏
也有五分钟的寒夜
迎接一天中第二次黎明
和季节翻转

太阳用一个小时
完成月亮
一个月的形象演变
最后回归如日中天
这就是日全食的过程
这就是传说中
改朝换代的天象
事实上
除了两个钟头的
无政府状态
一切如常

2017 | 09 | 02 | 广东惠州

二〇一〇年

二〇一〇年
我到长沙工作
十一月十一日
一位老朋友的妹妹
打电话给我
说今天是光棍节
晚上请我吃饭
饭桌上我们一直谈论
网上购物
饭后我回到住处
打开笔记本电脑
完全不敢相信
自己的眼睛
昔日的世界名牌
当日按地摊价甩卖
我考虑到
住在公司提供的公寓
穿着公司发的西装衬衣
我只好买了

三双皮鞋、两打袜子、十条裤衩

想不到从此以后

双十一

变成了我们

每年最大的节日

2017 | 09 | 05 | 北京

二〇一三年

二〇一三年
十一月十一日
我的父亲
在重庆的医院病逝
享年八十七岁
离世前昏迷三日
我哥和我守候床前
他去世前夜
我俩为他擦洗身体
包括他的私处
这让我看见了
他创造我肉体的阳具
此时
乌黑地蜷缩着
仅有两寸长
即使这样
我也对它充满崇拜
它永远是我个人的图腾

2017 | 09 | 05 | 北京

| 跋 |

我与诗，诗与我

“我与诗，诗与我”这个题目就是专门为“阿吾”预备的。

我习诗至今，已有整整三十五个年头，涂鸦了无数的稿子，霸占过众多的内存，可有多少拿得出手的作品？磨铁图书的诗歌编辑室编完此集，我既汗颜又略感欣慰。汗颜什么？欣慰什么？虽然一言难尽，我也想点到为止。我写过上千首诗，自己手头保留下来的也有五百首以上，现在回头去看——比较满意的也就寥寥几十首。对比年少时的轻狂，我能不汗颜吗？！略感欣慰的是，我年少时的一个个梦想至今大多都破灭或放弃了，只有写诗还能坚持下来，而且势头仍然不减当年。

2007 年 3 月，我在湖南文艺出版社正式出版了第一本诗集《足以安慰曾经的沧桑》。当年我曾想，三五年后再出它一本。不料转眼十年，我写是写了可以出几本集子的诗作，却一拖再拖不敢成集，因为总想找一种合适的方式来呈现。

如今，诗终于被边缘化了，于政治、于生意、于人生都没有多少利用价值。我，曾经呼唤这样的局面，现在尊重这样的局面。既然读诗的人越来越少，写诗的人还有必要一厢情愿地编一堆诗集吗？这是一个碎片化的时代，这也是一个只需要精华的时代。磨铁图书正好为我提供了这样一个机会和平台，我在感恩之余有了一个感想：也许以后我只需要出一本诗集，永远出一本诗集，在自己从始至终写过的诗中精选出七十余首来，结集在一起，五年、十年做一次修订，每一次修订都是“以终为始”。

诗歌曾经是有价值的，现在还有价值吗？将来还有价值吗？

今天人们有这样的疑问，而且不少人内心的答案倾向于否定。这在历史上号称诗歌王国的中国，说奇怪也不奇怪。中国已经步入商业社会，在这样的大背景下，谈论诗歌的价值，多数人会把它跟生意或经济学扯上关系，少数人会把它跟文化或哲学扯上关系。而哲学是否还有价值，其实与诗歌是否有价值，今天同样深受怀疑。

从经济学的角度说，一个事物或一个人的所谓价值就是它能卖多少钱；从哲学的角度说，一个事物或一个人的所谓价值就是它对人对社会有什么用处。当然，这个用处既包括物质的，也包括精神的。今天的现实是，诗歌很难卖钱啦，而且大多数情况下都是亏本买卖。诗歌对社会对人的用处也很少啦，而且大多数人想不起来他们还能从今天的诗歌中直接吸取到什么营养。

这样看来，人们怀疑诗歌还有多少价值颇有道理。可是，另一个奇怪的现实是，诗歌和哲学，一副要死不活的样子，可是又迟迟死不了。这又是何故呢？我的理解很简单，它们死不了，永远死不了，是因为真有人需要它们，尽管需要它们的人很小众，然而这些小众的人其实是社会大众需要的。

具体地说，文化的不同分支有自己的生态圈，这个生态圈也是分层的。如果仿照基础科学、应用科学、工程技术的圈层关系，诗歌是基础文学，哲学是基础人文科学和基础社会科学。让我们来看看文学的圈层关系。诗歌是基础文学，小说、散文、戏剧的某些部分是基础文学，某些部分是应用文学，歌词、电影剧本、电视剧剧本、话剧剧本、主持人串词、新闻稿、广告词等形形色色的商业文字是商业文学。当然，这种情况也是有的：个别商业文学具有很强的基础文学特性，个别基础文学一时成为畅销商品。

诗歌不死的根本原因，是文学精神、艺术精神需要诗歌，应用文学、商业文学需要诗歌，音乐需要诗歌，舞蹈需要诗歌，美术需要诗歌，电影和电视需要诗歌。所有以文学艺术的某个分支从事商业活动的人都可能需要诗歌，甚至广告也需要诗歌。但是，所有这些人加在一起，今天仍然是小众。

为小众工作的诗人们，其产品（诗作）按今天的知识产权法律几乎无法保护，它们直接的交换价值很小，但是可能间接产生巨大的经济效益，只是创作者得不到应有的报酬，只有延迟的荣誉。我是否可以得出结论，诗歌是有价值的，而且像数学一样具有巨大的价值，只是它当期的使用价值很难体现而已。

那么，诗歌的价值又来自哪里？在我看来，它当然来自诗人，也就是诗歌的写作者。这有疑问吗？当然有。一种曾经影响甚广的说法是文学来自生活，诗歌源于生活。诗歌等文学是人写的，人的活动就是社会生活，文学跟生活密不可分。但是，人人都在生活，人人都有生活，为什么只有极少数人写出了影响文学历史的诗歌？这个事实说明，一定是诗人的某些特质与生活的相遇才是创作诗歌的源泉。生活人人都有，诗人的某些特质只有诗人才有。诗歌的价值从诗人的某些特质开始。

为了找到这些特质，我们需要考察诗人与作品的结构关系。在我看来，优秀诗作具有两个方面的特征：第一，它用语言记录了一段独特的精神旅程；第二，它富于创造性的独特语言方式具有音乐和精神的美感。

优秀诗作，无论内容还是承载内容的语言，都需要独特的审美品质。优秀诗人，不管其个性特征为何，外向也好、内向也好、既不内向也不外向也好，他们一定具有特立独行的内心世界。从历史的长河看，优秀诗人跟当时的社会大众具有明显的反差。那些杰出的诗人，其内心世界甚至跟同时代的诗人们也存在明显反差。正是诗人独特的内心世界，造就了那些不朽的传世诗作。

那么诗人独特的内心世界又是怎样形成的呢？或者说诗人靠什么来维持自己独特的内心世界？我的答案很简单，那就是孤独。诗歌的价值从诗人的孤独开始。我很难描述诗人形成和维持独特内心世界的充分条件，但我相信孤独是形成诗人独特内心世界的必要条件。

在我看来，孤独并不是不跟人交往或者少跟人交往，孤独也不是自视清高或者自比救世主，孤独更不是与社会格格不入甚至仇视同类。孤独是在茫茫人海中懂得坚守自己，孤独是以平等的胸怀反省自身，孤独是感同身受以己代言。坚守、反省、代言是孤独的关键词，融入、平等、共情则是辅助语。

诗歌的价值来自哪里？归根结底是在问为什么诗歌会有撼动人心灵的力量。因为诗人通过文本向世人展示了对心灵和语言的新发现，这些发现足以震撼每一位同类。诗歌之所以是基础文学，首先是因为诗人率先制订着文学语言的使用规则，其次是因为诗人最早捕捉到人类心灵情感的动向。正是这两个维度，决定了一位诗人对诗歌、对文学的价值贡献。

诗人通过孤独的品格坚守着自己独特的内心

世界，以此发现人类心灵深处新的精神轨迹，同时得到独具个性的语言方式。精神、语言、孤独、美，这些就是诗歌的核心价值。

犹如马丁·海德格尔所言：“生存是在深渊的孤独里。”

孤独并非诗人独有，任何一位没有完全丧失自我的同类都会感受到或多或少、或深或浅的孤独。孤独正是每个人发现自我的前提。

一位诗人偶有孤独并不难，难的是长期保持孤独，十年、三十年、五十年地一直孤独着。诗人也活在现实世界，跟芸芸众生整天打滚儿。诗人要避免被“平均化”，需要何等定力！需要何等忍辱负重！

我相信，过去三十年来，绝大多数优秀的中国诗人不但没有从诗歌写作中获得现实的利益，而且为之付出了沉重的代价，个别还献出了生命。我愿意举起右手，向诗人的孤独、向人类的孤独致敬！孤独永存！诗歌永存！

自从 1986 年 6 月在《诗刊》发表处女作，我用的笔名就是“阿吾”。回想上世纪八十年代，新中国文化思想的光辉岁月，对大学生们影响最大的当数存在主义。存在主义的一个浅显思想，认为人与物的根本区别在于，物的意义和价值在其产生之前就已经被决定，而人的意义和价值是由人诞生之后自己去书写和决定的。对于一个有梦想和追求的人来说，千万不要简单、被动地接受过去和现在强加给人的任何价值和意义！就是在这样的历史背景下，我给自己取的笔名是“我的我”。

大写的“我”受到质疑，于是我在2007年出版第一本诗集的时候署名为“阿吾 / 戴大魏”。可是，诗人朋友圈并不买“戴大魏”的账，他们只记得《对一个物体的描述》《相声专场》《三个一样的杯子》的作者叫“阿吾”。今天，也很少有人把《我们一家都生在河边》《一年三百六十五句》《最近我常常听见远方的声音》跟“戴大魏”挂上钩。

我写绝大多数诗作，都有两个简单的习惯，第一个习惯是我的题目一般都是诗的第一行，第二个习惯是在诗的后面记下写作的时间、地点。第一个习惯表明我的多数写作没有事先的主题和构思，我的写作主要依靠灵感与顿悟。第二个习惯是方便读者了解我的写作背景，也为自己保留一些可以追溯的线索。

当我们进入信息时代，社会化的分工合作将达到极致，诗人朋友们不要留恋过去大一统的时光。人类文明之初，诗与歌一体，诗歌与历史一体，诗歌与生活一体，诗歌与宗教一体，诗歌与政治一体，诗歌与军事一体，诗歌与狩猎和务农一体……不一而足。过去两百年来，尽管诗与人类的任何活动都有一定关系，但是再也不承担这些活动记录与传播的主体责任，甚至诗与歌都明显地分离了。诗也在寻找诗的自我，回到诗成为诗的核心价值，那就是“心灵跟语言的首次相遇”。正是这样的首次相遇，让我得到无尽的快乐。

最后，感谢神赐给我写诗的才华和灵感！感谢诗人沈浩波和他的磨铁诗歌编辑室！感谢鼓励支持我写作的亲人及朋友！

阿吾

2017|07|12

英雄与大师

——“中国桂冠诗丛”第二辑出版后记

“中国桂冠诗丛”第二辑终于定稿。前前后后，从确定入选这一辑的诗人名单，到一首首选诗，再到不断增补他们更新的诗作，花了一年多时间。

与“中国桂冠诗丛”第一辑一样，这次入选的仍然是五位诗人。第一辑的五位诗人很好选择：严力、王小龙、王小妮、欧阳昱、姚风。他们是我心目中早就笃定认可的、出生于 20 世纪 50 年代的中国最好的五位诗人。第二辑我要选出五位出生于 1960 年到 1965 年之间的诗人，这正是中国著名的“第三代诗人”的年龄段，80 年代轰轰烈烈的“第三代诗歌运动”大潮，令这个年龄段涌现出众多时至今天仍然著名的诗人。我本以为这一辑的五位诗人也会很好选，但真一个一个读下来，一个一个仔细考虑，发现很难选。

“中国桂冠诗丛”的硬门槛仍然是入选的诗人能够被我选出七十首左右我认为的好诗。这不是一件容易的事，事实上，如果能有四十首真正过硬的诗，我哪怕放低标准，再选三十首略弱些的，我也认了，但就这样，还是很困难。在出生于1960年到1965年的这一代诗人中做选择，尤其困难。“第三代诗人”中的大部分，名气远大于诗歌质量。其中很多诗人，一辈子也就一两首名作，在一个容易成名的时代，也就成了著名诗人。

“中国桂冠诗丛”第二辑的五位入选诗人中，我心中笃定认为能比较容易地选出七十首过硬佳作的，是韩东和唐欣，一选，果然。佳作纷呈，非常好选，常常需要忍痛割爱。他们是我们这个时代真正的大师。韩东是明面儿上的大师，几乎获得了时代的公认；唐欣是隐蔽的大师，他是最懂行的少数诗人心目中的大师。

“中国桂冠诗丛”选择诗人的第二个标准是，在美学上有自己独特的建树，能开某种风气之先。每一辑中，一定会选入这个年龄段中最先锋的诗人，比如第一辑中的欧阳昱。在阿吾突然从天而降，出现在我面前之前，我认为杨黎就是这个年龄段最先锋的诗人。虽然我对他的“废话”诗学从不认同，但我依然认为他是我们这个时代独特的先锋诗人，也是最好的诗人之一。我也曾经反复考虑过，是否要选入“废话派”的另一位代表诗人何小竹，但阿吾的出现，令我放弃了这一想法，阿吾诗歌中的语言活力和他日益爆发出的生命力、先锋性令我赞叹。

在确定了韩东、唐欣和杨黎之后，在阿吾未选出之前，另外两位诗人到底选谁曾让我颇费思量。由于这一代诗人普遍有强烈的“语言诗学”倾向，我曾经想，是不是应该更充分地体现这一特点，选入何小竹或者修辞化语言的典型诗人臧棣，又或者是，为了体现这套丛书的全面性，选入一位更有知识分子气质的诗人，比如黄灿然。但最终，我遵从了自己内心的声音，选择的第四位诗人是潘洗尘。潘洗尘不是语言诗人，不是修辞派，不是知识分子，也不是任何意义上的先锋诗人，不是第三代，他甚至是入选的五位诗人中最传统的诗人，是一位抒情诗人。潘洗尘的情感浓度极高，写作成本也极高，他的作品带有强烈生命意志的生死抒情，是传统抒情诗学在后现代语境下的一次反弹、一曲强音，但也有可能是一曲挽歌——写作成本太高了！唯有拿命来换，才能获得写作的有效性吗？而且我又想，如果潘洗尘能再现代一些、再先锋一些，他的生命意志能否被转化为更加杰出的文本呢？

正当我为最后一位入选诗人举棋不定时，突然看到了阿吾。阿吾的出现，完美地解决了我的难题，像是天赐的礼物。时隔多年，阿吾的诗歌突然再次在伊沙主持的《新世纪诗典》上发表，阿吾也由此重新活跃于中国最先锋的口语诗人群体中，我也因此读到了阿吾这几年的新作，其诗歌语言的活力和生命的爆发力都让我意识到，在岁月的沉淀与个人的锐意进取中，阿吾已经从“第三代”时期的语言实验天才，变成了一个从内在生命意志到充满活力的语言都体现出强烈先锋性的诗人。他的写作在近年呈现出一种井喷式爆发的姿态，我一边编选他的旧作，一边随着他的写作，增补他的新作，弄得手忙脚乱。如果阿吾的这一写作态势能够持续下去的话，他会取得更加令人咋舌的成就。

这是一个完美的组合。三位“第三代诗歌运动”的代表诗人——韩东、杨黎、阿吾；一位在第三代诗歌运动中没有留名，却在后来的写作中，超越了第三代的整体美学，进入其后更坚定的中国口语诗运动，并成为其中中流砥柱般存在的诗人——唐欣；一位成名于与“第三代诗歌运动”平行、但在诗学意识上还非常幼稚肤浅的80年代所谓的“大学生诗歌运动”，却在新世纪的晚近，在2010年之后，晚熟式爆发的抒情诗人——潘洗尘。

韩东、唐欣、杨黎、潘洗尘、阿吾，他们就是我心目中1960年到1965年出生的诗人中最好的，也是我认为的中国当代诗人中最具美学代表性的五位。他们的写作风格和秉承的美学当然也是迥异的。

杨黎、唐欣和阿吾是更为彻底的口语诗人，这个比例符合中国当代诗歌的发展潮流。语言是诗人先锋性的重要指标，口语本身就是对所有传统的、旧有诗歌语言的反动，是对来自个人生命、身体、习惯、性格的个人化语言的树立，是对语言的一次解放，是让诗歌通向更自由和开放的一次革命，口语也更能最大程度地容纳当下，令诗歌更具备当代生活的有效性，口语本身，就是一种后现代的诗歌语言。从这个意义上来讲，书面语的写作不可能具备内在的先锋性。

杨黎虽然创造了“废话诗”理论，但在我看来，杨黎真正写得好的诗，恰恰是那些更及物更有内容的，甚至更有情感的诗歌。我不想因其理论而人云亦云地将杨黎理解为完全的“语言诗学”诗人。杨黎诗歌的先锋性，更多地体现在其坚定地“去经典化”上，体现在他对一切既有诗歌形态的反动，以及其他诗歌中活跃的生命力和欲望。我们在讨论一个诗人的先锋性时，无论是“中国桂冠诗丛”第一辑中的欧阳昱，还是第二辑中的杨黎，都不应该脱离写作的有效性而仅仅从其“去经典化”来评价其先锋性。如果仅仅是“去经典化”，仅仅是从表面上看是肆无忌惮的写作，并不能构成真正的先锋。真正的先锋，还是要构筑在对诗歌的内在理解力上。唯有洞悉诗歌内在的秘密，在观念和意识上有真正的世界观的突破，其先锋精神和先锋意志才能被转化为真正有效的好诗，没有有效好诗的先锋在我看来就是只有姿态而没有内在的伪先锋。杨黎和欧阳昱都有众多结实的杰作，甚至是堪称经典的杰作（即使其写法是反经典的），这才是他们作为先锋诗人的真正的立足点。同样，他们另一个共同特点是，大量的诗歌看起来很开放，姿态很先锋，却不具备写作的有效性，内在非常空洞。但写得多就是硬道理，在那么多的诗歌中，光凭他们的才华也能被选出不少有效的好诗。

阿吾和杨黎的相似之处在于，早年他们都是以带有强烈语言实验和语言形式主义的诗歌杀入诗坛的，所以阿吾的诗歌，也一直带有“第三代诗人”前口语时代的形式主义痕迹，甚至是形式主义的固化语言思维，看起来实验性很强，实际是另一种语言的封闭。但在进入新世纪以来，尤其是近年来，阿吾写作的开放性越来越强，因此其语言的内在活力越来越强大，他又是那种能将多年积淀的生命感受、个人意志、人文精神和深刻情感与其活跃的口语水乳交融的诗人，因此其写作呈现出越来越大的能量。他正在以一位“老诗人”的身份与更年轻的几代诗人抢夺中国当代诗歌的先锋高地。

唐欣与阿吾的相似之处在于，由于他们都经历过 80 年代“语言诗学”的深刻熏陶，所以一旦他们不再仅仅迷信于“诗到语言为止”，一旦获得了诗歌的内在力量，其语言的优势就成为他们与年轻几代诗人相比的巨大优势——他们的诗歌有语言为他们撑腰。唐欣身上的先锋性显然不如阿吾和杨黎，但没有关系，因为唐欣本来就是一个更为经典向度的诗人，重要的是，他是在一种全新的语言中，创造了一种全新的诗歌经典模式。如果仅仅从创新这一点而言，他当时是先锋的。唐欣的经典情结不允许他成为一个更为激进的先锋派，所以他成了口语诗歌经典化的重要诗人。他的写作，是一种全新的大师式的写作。唐欣一直在发展自己的诗歌，从上世纪八九十年代继承自韩东、于坚的日常生活式的、讥诮式的口语，到新世纪前后大约有十年左右的口语糅杂抒情的诗歌，甚至带有部分书面语特征的诗歌，再到他近几年来坚定了直取口语核心。直达诗意本质的经典口语写作，在漫长的写作中，越写越纯，越写越本质，将语言诗意、语感诗意与事实诗意、内容诗意、生命诗意融会贯通，自成一体。其诗歌中精神的语言控制力与发生在具体生命现场中的微妙诗意相得益彰，共同构成了一种妙不可言但又知音寥寥的“唐欣体”。他总能在最小、最轻、最淡的地方实现最具体又最结实的诗意。

韩东是中国当代诗歌中最重要的几位文学人物之一。他是20世纪80年代“第三代诗歌运动”的领袖，同时也是早期中国口语诗歌运动的领袖，他在中国先锋诗歌的发展史上具有标志性意义，但其本人的创作，除了那几首标志性的如《有关大雁塔》《你见过大海》等作品外，更多的诗歌，其实先锋性并不强，他的创作更多是建筑在语言与抒情的完美结合上。他是中国当代语言能力最强的诗人之一，是经典性写作的范例式诗人。其强大而精致的语言能力与朴素的心灵经验，令其获得了无论是先锋派还是传统抒情诗人的共同认可。他虽然是早期口语运动的领袖，但他后来的写作，并没有走向更坚定的口语，相反，书面语的痕迹越来越重。在韩东的语言世界观里，他强调的始终是语言，而不是口语。他是一位恪守于语言也恪守于心灵的诗人，正是因为他始终恪守于心灵，所以他一直领先于其同时代的绝大部分“第三代”诗人。

潘洗尘并没有经历过“第三代诗歌运动”的语言诗学训练，所以他一直是一个传统意义上的抒情诗人。抒情在今天这个时代，如何才能重新变得有效？我们又如何理解传统中可贵的部分？潘洗尘用他近几年大量的诗歌给出了答案。他的写作抓住了传统的最本质要义：心灵！真挚、朴素的心灵。潘洗尘的诗，是真正意义上情真意切的诗，只有情真，才能意切。潘洗尘这个人，正是那种传统意义上的多情、情真、情浓的人，这样的人在今天，已经很少见了。正因为他是这样的人，所以才为他写出这样的诗构筑了基础。他又遭逢了个人命运的巨大震荡，生死之间的心灵挣扎，所以其诗，是动用了非常大的生命成本和心灵成本来写的，这才有了生命之厚，有了抒情诗里最尖锐的部分。唯有成本高，抒情诗才能靠其浓度和尖锐度获得美学上的存在价值。而且潘洗尘的诗歌技艺也在这个过程中被锤炼得越发精熟，越发能让其抒情诗纳入现代性的范围。他最好的诗歌，要么是动情深而真，但动静却不大，将情感浓缩地压在细微处；要不就是在日常和平淡中突然出一记重拳，勾人心魄；要不就是敞开心扉，直陈心志，简洁有力。但他一旦过于铺陈和放纵，虽然仍有传统意义上抒情诗的强力和动人之处，但诗性总归还是被减弱，现代性还是会丧失。从去年到今年，潘洗尘被查出肝癌又遭逢母亲去世，他进入了诗歌的爆发期，不可遏制的抒情欲望令他完成了一组非常重要的生死之诗（我在他的诗集中将这一组归为一辑，以诗集名《燃烧的肝胆》为辑名)。但我觉得，如果潘洗尘能更现代一些，更先锋一些，他还能创造更大的写作奇迹和生命奇迹。作为一名如此杰出的诗人，他应该更有诗学意义上的使命感。

韩东、唐欣、杨黎的写作，都相对完整地经历了三十多年中国诗歌发展的风云变幻，未曾有大的间断；潘洗尘的写作，是一种晚熟的写作，直到 2010 年以后，才爆发出力量；阿吾的写作，是一种断断续续的写作，他经常猛写一阵，又搁下一阵，再猛写一阵，再搁下一阵，而且他一度长期漂泊于海外，并没有贴着当代中国诗歌的发展。但潘洗尘和阿吾，却正好于 2010 年之后的这些年，进入了生命的喷薄期，爆发出了惊人的能量。潘洗尘最近的那组生死之诗以及阿吾创作于 2017 年的组诗《一个人的编年史》都是新世纪以来中国诗歌的重要成就。从某种意义上来讲，阿吾和潘洗尘的诗歌，还远未到个人的成熟期，他们的写作，还充满了生长性。

沈浩波

2017 | 09 | 25

图书在版编目（CIP）数据

相声专场 / 阿吾著. — 杭州 : 浙江文艺出版社,
2018.1
ISBN 978-7-5339-5117-7

Ⅰ. ①相… Ⅱ. ①阿… Ⅲ. ①诗集 - 中国 - 当代
Ⅳ. ①I227

中国版本图书馆CIP数据核字（2017）第293237号

责任编辑：罗　艺
特约监制：里　所
特约编辑：李柳杨
封面设计：周伟伟
封面画作：马　君

相声专场
阿吾　著

出版发行　浙江文艺出版社
地　　址　杭州市体育场路347号　邮编 310006
网　　址　www.zjwycbs.cn
经　　销　浙江省新华书店集团有限公司
印　　刷　河北鹏润印刷有限公司
开　　本　860毫米 × 1160毫米　1/32
字　　数　97千字
印　　张　6.5
插　　页　2
版　　次　2018年1月第1版　2018年1月第1次印刷
书　　号　ISBN 978-7-5339-5117-7
定　　价　42.00元

中国桂冠诗丛｜第一辑

王小龙 著《每一首都是情歌》
严　力 著《悲哀也该成人了》
王小妮 著《扑朔如雪的翅膀》
欧阳昱 著《永居异乡》
姚　风 著《大海上的柠檬》

中国桂冠诗丛｜第二辑

韩　东 著《我因此爱你》
唐　欣 著《母亲和雪》
潘洗尘 著《燃烧的肝胆》
杨　黎 著《找王菊花》
阿　吾 著《相声专场》

磨 铁 读 诗 会